Anthony Valli

La Storia di Nene
"Il torrone diventa arte e si anima"

La storia si svolge a Cremona, nel 1441,
Durante il banchetto nuziale di Bianca Maria
Visconti e Francesco Sforza, era stato
presentato, fra lo stupore dei commensali, un
nuovo dolce, dalla consistenza molto croccante,
composto da miele, zucchero, acqua, nocciole e
mandorle tostate, albume d' uovo. Gli era stato
dato il nome di "torrone" per via della forma,
che ricordava il Torrazzo (l'alta torre
campanaria del duomo della città).
Il dolce aveva avuto subito un grande successo.
Non c'era pasticceria in Cremona che non lo
esponesse in vetrina.
A Carlo Moore, falegname e liutaio, venne
subito l'idea di riprodurlo e di crearne poi tanti
pezzi da vendere nei mercati come simbolo
della città. Non era tuttavia facile scegliere il
legno adatto, tra i tanti che teneva in bottega.
Così lasciò perdere momentaneamente, tanto
più che aveva molto lavoro arretrato.

In un giorno di Ottobre gli capitò, però, fra le mani un pezzo che era talmente adatto allo scopo da fargli di nuovo pensare alla possibilità di realizzare il torrone in legno. Lo mise da parte, deciso a iniziare il lavoro il giorno seguente. Quando, però, il mattino dopo si accinse fischiettando a mettersi all'opera, si accorse, con stupore, che il pezzo di legno era scomparso. Che cosa poteva essere successo? Un ladro si era forse introdotto nella sua bottega? Si guardò intorno, ma niente altro mancava. Tutto era al suo posto: coltelli, sgorbie, rasiere, compassi, spessimetri, pialle, seghe.. Si grattò la testa perplesso. Certo era un pezzo di buona qualità...ma sempre e solo di legno si trattava! Poteva mai essere un furto su commissione? In città era noto a tutti che Carlo Moore aveva i migliori legni da taglio dell'intera regione, ma..perché portare via solo quello?

Era così perplesso e infuriato che non riuscì a lavorare, né, una volta a letto, a prendere sonno. Non faceva che girarsi da un fianco all'altro con gli occhi sbarrati. Gli pareva che le ore non passassero mai.

Quando scorse in lontananza un chiarore bianco perla pensò, con sollievo, che fosse l'alba, ma la luce divenne tanto intensa da abbagliarlo. Quando i suoi occhi si furono abituati, riuscì a scorgere una figura femminile di rara bellezza. Era una fanciulla dai capelli neri e folti, gli occhi verdi e una figura filiforme, rara per i tempi. Quando parlò, anche la voce risultò sublime: una vera musica angelica.

- Maestro Moore, lei è stato scelto. Sarà uno dei Cavalieri che ci proteggeranno nei tempi bui che ci aspettano, Dovrà lottare contro il Male che vuole annientarci -

- Io..un cavaliere? - rispose Carlo ridendo – Penso che ci sia un errore. Sono un umile liutaio..anzi, praticamente un falegname..-

- Un Cavaliere, sì. Uno dei tre, Nessun errore. Lei, come gli altri due, è destinato a fermare il Male che sta avanzando. Senza il vostro aiuto tutti noi sprofonderemmo nell'oscurità.-

Così dicendo la fanciulla estrasse da sotto il suo mantello un pezzo di legno luccicante e lo porse a Carlo, aggiungendo, mentre spariva nel nulla: - Usi questo per scolpire il "Torrone". Tornerò appena lo avrà terminato.-

-Aspetta!- esclamò Carlo -. Non capisco che cosa c'entri il mio torrone di legno con quanto hai detto prima..Ma dove vai? Dimmi almeno come ti chiami! –

-Il mio nome non ha importanza - sussurrò lei, mentre spariva nella luce.

Carlo strinse il legno lucente, con circospezione, come per sincerarsi che non sarebbe svanito come la visione di poco prima. Si alzò, scese in bottega, prese gli attrezzi necessari e, sul suo grande banco da lavoro, cominciò a scolpire .

Poco dopo entrò Giuseppe con un forcone che aveva il manico di legno rotto, per chiedere a Carlo il favore di aggiustarglielo. I due erano amici dai tempi dell'infanzia, perciò Giuseppe non si peritava di farsi fare piccoli servizi non degni di un liutaio. Questa volta, però, non riuscì ad attirare l'attenzione di Carlo che lavorava come un ossesso attorno a un pezzo di legno che mandava strani bagliori. Lo chiamò più volte senza alcun risultato. L'amico pareva non sentire né vedere nulla. Aveva persino le mani insanguinate.. Giuseppe arretrò e fuggì dalla bottega col suo forcone dal manico spezzato. - Che sia impazzito?- si chiese. Non l'ho mai visto lavorare in modo così frenetico..E con quello sguardo perso nel vuoto, poi..

Carlo, intanto, aveva finito la sua scultura. Il pezzo di legno aveva ora una forma rettangolare con le due superfici lisce e i lati irregolari a forma di nocciole e mandorle incassate. Ma l'opera non era ancora del tutto terminata: per renderla realistica serviva la verniciatura.

Carlo ci mise qualche giorno per trovare la vernice adatta; provò e riprovò infinite combinazioni, ma alla fine il risultato lo convinse. Sui lati, di color bianco-perla, aveva scelto un marrone con sfumature più scure e uno più chiaro per dipingere nocciole e mandorle, mentre, per le due superfici lisce, era ricorso al bianco-latte. Il risultato era così realistico che a lui stesso venne voglia di addentare quel finto torrone...

Una volta asciugata la verniciatura, si portò la sua creazione a casa mettendola al sicuro in un baule chiuso a chiave e cominciò ad attendere la ricomparsa della misteriosa creatura di luce. Ma i mesi passavano senza che lei si facesse viva. Trascorse l'inverno, giunse la primavera, si affacciò l'estate, ma la bella fanciulla non tornava. A Carlo era passata la voglia di lavorare per cui chiuse bottega. Non faceva che pensare a quella fanciulla luminosa senza riuscire a concentrarsi su altro. Giuseppe, venuto a sapere della decisione del suo amico, si mise in testa di fargli cambiare idea. Andò a trovarlo nel laboratorio e lo trovò seduto su una panca con le mani in mano, Era stranamente invecchiato con la barba e i capelli bianchi e spettinati.

- Ma che ti è preso? – domandò stupito – E' vero quel che la gente va dicendo? Non vuoi più fare il liutaio? Perché mai vorresti gettare via così il tuo talento? Sei ammalato? Mi dicono che non parli con nessuno da mesi!

Carlo decise di non far cenno alla visione neppure con Giuseppe, per non essere preso per matto. Si limitò a parlare di un'improvvisa apatia, forse di un esaurimento e della necessità di andare via per qualche mese alla ricerca dell'ispirazione perduta.

Giuseppe, incredulo e dispiaciuto, salutò tristemente l'amico augurandogli

buona fortuna. Carlo partì il giorno successivo portando con sé pochi attrezzi

e la scultura di torrone.

Dopo giorni e giorni di cammino senza fermarsi per riposare o per ristorarsi

scorse una valle, oltre il fitto dei boschi, in cui sorgeva un paese. Il cuore gli batteva forte mentre fissava il campanile della chiesa, illuminato dal sole al tramonto. Intensi, travolgenti, stavano affiorando nella sua mente i ricordi del passato. Ritrovata con fatica la calma, decise di fermarsi nel villaggio per la notte. Un'osteria con alloggio gli sembrò una buona sistemazione per mangiare e poi riposare. Dopo cena, si coricò e si addormentò subito, spossato dal lungo viaggio. Neppure si accorse della luce calda che lo avvolse completamente e lo trasportò in un'altra dimensione. Si risvegliò in un ambiente asettico dove tutto era bianco: pareti, tavolino, sedia e anche il letto dove ancora si trovava. Una melodiosa voce di donna gli si rivolse:

- Lei è il benvenuto, Maestro Moore.

Carlo riconobbe subito la voce della ragazza di luce e sentì il cuore battergli in gola. Attese con trepidazione che la visione gli si mostrasse di nuovo. E infatti lei gli si parò davanti sorridente, ancora più bella di quanto lui ricordasse.

.- Maestro Moore, vedo che ha terminato quello che le ho chiesto!,

Così dicendo prese dalla sacca di Carlo il torrone di legno che scintillava nel buio.

- Ma perché mi hai fatto aspettare così tanto tempo? – farfugliò lui ancora frastornato- Ero un bravo artigiano, ma dopo quest'opera non sono più riuscito a lavorare..Non pensavo che a te..

La ragazza non rispose, ma gli prese le mani, le accarezzò dolcemente, poi sussurrò:

- Non e' vero, queste mani sono un dono e possono fare qualunque cosa.

Carlo cominciò a piangere:

-   Da quando ti ho visto la prima volta non sono più io, sono un uomo finito, un liutaio-scultore che non può più lavorare il legno e questo solo per colpa tua e di quello stupido "torrone". E' stato la causa dei miei guai! –

Con un gesto di rabbia lo afferrò e lo scagliò per terra. Accadde allora l'incredibile. La scultura si animò:

- Mi hai fatto male ! – gridò – Che cosa ti ho fatto?-

Carlo svenne. Il torrone si rivolse allora alla fanciulla di luce:

-   Candida, che gli è successo? E' colpa mia?
-   No, Nene – rispose lei.- Ha solo ricevuto troppe informazioni tutte insieme e deve elaborarle.-

Così dicendo sollevò Carlo da terra e lo rimise a letto sussurrandogli all'orecchio:

-   Maestro Moore, devi riposare -

Poi lei e Nene uscirono dalla camera chiudendosi la porta dietro.

Nella stanza accanto c'erano un'infinità di schermi in cui scorrevano le vite delle persone. Candida ordinò a Nene di sedersi sulla sedia che si trovava al centro, le collegò due cavi ai lati e le suggerì di rilassarsi.

- Stai per apprendere l'intera conoscenza dell'Universo! – sussurrò.- Cerca di apprendere tutto!-

Nene si ritrovò in un vortice di luci colorate in cui risuonava una voce metallica.

Candida era intanto tornata nella stanza dove riposava Carlo. Con dolcezza lo svegliò e lo mise a conoscenza del Grande Disegno. Lei era certa di aver trovato in lui l'Uomo giusto, ma Carlo doveva essere a sua volta convinto di essere ancora in grado di realizzare grandi opere in legno. Lo condusse con sé in un laboratorio superbamente attrezzato.

- Maestro, ha una settimana di tempo per realizzare questi oggetti:

- Ciondolo a forma di Violino
- Ciondolo a forma di archetto
- Ciondolo a forma di Viola

- Ciondolo a forma di Violoncello
- Ciondolo a Forma di Contrabbasso.

E' perfettamente in grado di farlo, quindi è bene che inizi a lavorare.-
Carlo avvertì un'improvvisa ondata di calore, mentre un gran senso di pace lo invadeva. Si limitò a un cenno di assenso e si mise subito al lavoro.

Nel frattempo, nella stanza degli "schermi" Nene continuava il suo apprendimento, Essendo i due così occupati, a Candida non restava che contattare il Maestro Nicolai. Lo raggiunse a Cremona nell' ex-convento di **Fra Cristoforo** dove ebbero una lunga conversazione segreta sulle strategie da adottare per ritrovare le pietre scomparse. Ma questa è un'altra storia.

A Cremona – si era ormai alla fine degli anni ottanta - un giovane liutaio di nome Antonio, onesto, irreprensibile, ottimo nel suo lavoro se ne stava sulla porta del suo laboratorio a osservare il via vai di persone per la strada. Gli serviva un'ispirazione per il riccio del suo ultimo violino. Antonio aveva in testa un buffo copricapo che suscitò l'ilarità di un bambino. Invece di adirarsi, il liutaio lo invitò a entrare nel laboratorio per fargli conoscere la storia del cappello. Marcellino (così si chiamava il ragazzino) si dimostrò subito entusiasta.

-Devi sapere – iniziò a raccontare Antonio - che questo cappello ha un nome. Si chiama Bonetto –

- Beh, è un nome piuttosto buffo! - esclamò Marcellino ridendo.- Buffo come lui!- Antonio proseguì senza tener conto dell'interruzione

- Me lo fece mia madre, perché potessi andare a giocare con gli amici. Avevo all'incirca la tua età e adoravo stare per strada fino a sera, ma era un inverno particolarmente pungente e io ero l'unico a non avere neppure un copricapo. La mia famiglia era molto povera, perciò non avevo abiti invernali adeguati. Vista la mia disperazione, la mamma andò dallo straccivendolo e scambiò un suo abito con dei pantaloni da uomo che ridusse alla mia misura, poi disfece il suo scialle ricavandone due gomitoli di lana per farmi un maglione, poi con i pochi avanzi creò questo cappello a forma di cono. L'aspetto non è dei migliori, ma ti garantisco che svolse e svolge tuttora il compito di tenermi al caldo la testa. Devi imparare che ogni particolare che noti in una persona ha dietro una storia.. -

Antonio aveva appena finito di raccontare che Marcellino fu colpito da una dolce melodia che proveniva dalla stanza accanto. Incuriosito andò a vedere e si trovò di fronte un ragazzo, all'incirca della sua età, che traeva quella musica da uno strano oggetto di legno muovendo quello che a lui parve un bastoncino. Rimase a guardare a bocca aperta.

Il Maestro Antonio sorridendo gli spiegò che l'oggetto di legno era un violino, il bastone si chiamava archetto e il suono meraviglioso non era altro che la magia della musica che l'arte sapiente dei Maestri liutai sapeva far scaturire dagli strumenti che creavano con le loro mani.

Marcellino avrebbe voluto fare ancora molte domande, ma la voce della mamma lo stava chiamando.

-Posso tornare?- chiese supplichevole.

-Quando vuoi. Ma ora corri se non vuoi prenderti uno scapaccione!-_

Due giorni dopo proprio mentre il ragazzo stava di nuovo suonando, il ragazzino ricomparve.

- Maestro mi spieghi come fa la musica a uscire dal violino?-

- Intanto comincia col tenere in mano lo strumento e a prendere confidenza con lui-, disse M° Antonio.

Marcellino, preso in mano il violino, ne annusò il profumo ad occhi chiusi. Gli parve di essere in un bosco colmo di odori misteriosi e magici. Poi aprì gli occhi ed ammirò il colore dell'oggetto. Era scuro, ma se lo muoveva, assumeva dei riflessi rossastri. Si trattava della cosa più bella che avesse mai visto. Un oggetto, poi, capace di produrre un suono bellissimo, che si chiamava "musica"..

- Ma come fa a farla questa musica? Da dove esce?-

Antonio cominciò a descrivere per sommi capi la costruzione di un violino partendo da un semplice pezzo di legno, ma a Marcellino non bastava. Prima di andarsene si fece promettere dal maestro che gli avrebbe insegnato a costruirne uno. A partire dal giorno successivo (questa volta col consenso dei genitori) il ragazzino, dopo la scuola e i compiti, si recò in bottega da Maestro Antonio per apprendere l'arte del Liutaio.

Ma questa è un'altra storia.

Torniamo a Candida. Lasciato il Maestro Nicolai, era ritornata nello "spazio-tempo", dove si trovavano Carlo e Nene. Quest'ultima, completato l'apprendimento, era ormai a conoscenza dei misteri dell'universo e pronta per la sua prima missione. Si trattava, come le venne spiegato da Candida, di recarsi a Cremona il primo giorno di Novembre del 2017. Il suo compito di magico torrone nella città del Torrone, sarebbe stato quello di stare accanto a una bambina vittima di Bullismo.

- Sarebbe a dire? – Non c'era questa parola in tutto quello che ho appreso! – protestò Nene.
- Non è vero. Ti è stata inserita una banca dati tramite la pietra viola. Stai attenta a

non perderla, piuttosto, perché sarebbe una catastrofe. Però è solo la conoscenza che hai acquisito e non ti basterà per aiutare la bimba e chiunque altro vorrai, quindi apprendi osservando.

Fu così che Nene venne catapultata a Cremona nel giorno di Ognissanti. In città c'era già fermento per la Festa del Torrone che si sarebbe tenuta dal 18 al 26 Novembre, Il programma prevedeva più di 250 eventi, pensati per soddisfare i desideri di ogni tipo di visitatore: bambini e adulti, appassionati di storia, musica, arte o buona cucina. Tutti avrebbero trovato un itinerario, una mostra o un'attività adatta ai propri gusti. Nei negozi del centro spopolava la mascotte "Cremonino" simbolo della festa.

_-Tu, Nene, ti mischierai a tutti gli altri torroni e ti farai scegliere dalla bambina che devi aiutare -, aveva ordinato Candida.

Serena era uscita con la mamma proprio per farsi regalare un Cremonino. Nel negozio di dolciumi prescelto, un grande cesto, all'entrata, ne era pieno, ma lei fu attratta da uno in particolare che pareva emanare lampi di luce. Lo prese subito, felice, non immaginando quanto le sarebbe capitato.

Serena frequentava la terza media in un istituto scolastico cittadino. Se nei fine settimana si comportava come ogni bambina della sua età, già la domenica sera diventava triste. Sapeva che il giorno dopo, a scuola, di nuovo sarebbe stata oggetto di scherno. Niente di lei pareva piacere. Né il suo aspetto fisico, né il suo modo di vestire. I dispetti erano frequenti. Le sparivano dallo zaino le merendine, i pacchetti di fazzoletti, le biro… Era proprio un gruppo di ragazzine ad averla presa di mira. Serena era una bambina timida e grassoccia mentre le compagne di classe avevano già corpi magri e sinuosi che mettevano in mostra con jeans firmati e magliette attillate e si truccavano gli occhi con l'eye liner. Lei, terzogenita di una famiglia di operai - il padre lavorava nell'acciaieria cittadina, la madre in una ditta che produce oggettistica in plastica appena fuori della città- non aveva certo lo smartphone ultimo modello, né i capelli tagliati all'ultima

moda. A casa stava bene e degli abiti firmati non le era mai importato, ma in classe soffriva.
Una mattina stanca per l'ennesima prepotenza, decise di chiudersi nel bagno della scuola e di non uscire più. Invano insegnanti e dirigente scolastico avevano provato a farla ragionare, Serena non rispondeva neppure. Alla fine venne mandata a chiamare la madre.
Durante il tragitto scuola-casa la donna cercò invano di far parlare la figlia. Serena rimase in un silenzio ostinato e, una volta raggiunta la sua camera, vi si chiuse a chiave e si gettò piangendo sul letto. Sul comodino c'era il Cremonino che due sere prima l'aveva resa felice. Lo prese e lo strinse forte fra i singhiozzi.

- Ehi! – gridò Nene - Così mi fai male!-.
Serena smise di piangere e spalancò gli occhi. – Mica sarò impazzita???- si chiese. Guardò il Torrone che stava ancora parlando:
- Che cosa ti è successo ? Perché piangi? –
- Ma..sto dormendo ? E' un sogno?-
- No, non è un sogno! E' magia! Però è il caso che mi presenti: io sono Nene e sono stato creato tanto tempo fa. Sai nella

lunga ed eterna battaglia fra bene e male a volte i buoni creano qualcosa di straordinario, ed eccomi qua, sono a tua disposizione, però nessuno lo deve sapere, siamo intesi?

Serena, benché perplessa, decise di assecondare Nene e mantenere il segreto sulla sua vera natura. Aveva talmente bisogno di sfogarsi che gli raccontò tutto quello che mai aveva raccontato ai genitori.

Nene attivò la sua memoria e recitò:

"Per **bullismo** si intendono tutte quelle azioni di sistematica prevaricazione e sopruso messe in atto da parte di un bambino/adolescente, definito "bullo" (o da parte di un gruppo), nei confronti di un altro bambino/adolescente percepito come più debole, la vittima.

Secondo le definizioni date dagli studiosi del fenomeno , uno studente è oggetto di azioni di bullismo, ovvero è prevaricato o vittimizzato, quando viene esposto, ripetutamente nel corso del tempo, alle azioni offensive messe in atto deliberatamente da uno o più compagni.

Non si fa quindi riferimento ad un singolo atto, ma a una serie di comportamenti portati avanti ripetutamente, all'interno di un gruppo, da parte di qualcuno che fa o dice cose per avere potere su un'altra persona.

Il termine si riferisce al fenomeno nel suo complesso e include i comportamenti del bullo, quelli della vittima e anche di chi assiste (gli osservatori).
E' possibile distinguere tra **bullismo diretto** (che comprende attacchi espliciti nei confronti della vittima e può essere di tipo fisico o verbale) e **bullismo indiretto** (che danneggia la vittima nelle sue relazioni con le altre persone, attraverso atti come l'esclusione dal gruppo dei pari, l'isolamento, la diffusione di pettegolezzi e calunnie sul suo conto, il danneggiamento dei suoi rapporti di amicizia). Quando le azioni di bullismo si verificano attraverso Internet (posta elettronica, social network, chat, blog, forum), o attraverso il telefono cellulare si parla di <u>cyberbullismo</u>." Tutto chiaro? –

In verità Serena non aveva capito molto, ma decise di sfruttare la situazione a suo favore. Il giorno dopo tornò a scuola, scoprendo di non avere la solita paura. Il Cremoncino nella tasca dei suoi vecchi pantaloni le infondeva sicurezza perciò decise di affrontare a muso duro le "bulle " che da mesi la perseguitavano. Cominciò col parlare con due compagne che, pur non essendo parte del gruppo che imperava, ridevano quando le bulle la prendevano di mira. Fece loro un discorso amichevole e chiaro che le rese consapevoli della cattiveria implicita del loro comportamento. Erano due ragazzine semplici e paurose, ma capirono, si scusarono e si unirono a Serena nell'ignorare le battute del gruppetto. Le "bulle", spiazzate, per un po' smisero di accanirsi su Serena, che, nel frattempo, era già passata al contrattacco creando un gruppo Facebook : <<Io Valgo>>.
Cominciò col raccontare la sua storia, molti altri utenti la seguirono decretando il successo del gruppo.
Serena, grazie ad una amica della madre, venne assunta come apprendista in una sartoria della

città. Vi andava nei pomeriggi, dopo la scuola. Il lavoro le piaceva e imparò presto, così, nel giro di sei mesi, fu in grado di cucirsi da sola i propri abiti sfoggiando dei look alla moda. Infine –last but not least - seguendo un regime alimentare bilanciato e praticando una regolare attività fisica, riuscì a perdere anche i chili di troppo.

Alla fine dell'anno scolastico, Serena si era trasformata da ragazzina insicura in un abbozzo di giovane donna soddisfatta della sua esistenza.

Vedo già le vostre espressioni incredule e vi leggo sul viso la domanda:

- E tutto questo per merito di un Torrone parlante?

- La risposta è: no,grazie al potere dell'ascolto. Serena era una ragazzina insicura e sensibile. Le serviva uno stimolo per aprirsi con le persone giuste che, in effetti, l'hanno aiutata a far emergere le sue qualità. Ma la storia chiede una conclusione..Eccola.

Durante le vacanze estive Serena andò con gli amici in campeggio sulle colline parmensi e portò con sé Nene. Una notte, mentre dormiva nel suo sacco a pelo, venne svegliata da una luce bianca, al centro della quale splendeva un'eterea figura di fanciulla. Era, naturalmente, Candida, che si chinò su di lei sussurrandole qualcosa all'orecchio, Serena, per niente spaventata o sorpresa, rimase a lungo a parlare con la ragazza di luce. Poi aprì il suo zaino, ne tolse Nene e glielo consegnò, ringraziandola per l'aiuto ricevuto. Candida e Nene subito scomparvero in un fascio di luce.

A Cremona, il gennaio del 1972 era stato particolarmente freddo. Quasi ogni giorno era caduta in abbondanza la neve che era andata ad accumularsi sui lati delle strade, sui campi, sui tetti (cosa che aveva richiesto rapide sostituzioni di tegole), sui rami degli alberi tanto da spezzarne molti. Anche quel sabato nevicava, ma per fortuna non troppo fittamente. Era una nevicata leggera, quasi gradevole, forse perché stava per scoccare il mezzogiorno e la temperatura era un po' risalita. Le strade erano state ripulite, ma i cumuli di neve ai margini erano ancora più alti e bisognava camminare con circospezione perché nelle zone in ombra uno strato sottile di ghiaccio rendeva possibili cadute e scivoloni. Da tutti i camini usciva del fumo ad indicare che in ogni casa le persone cercavano in tutti i modi di difendersi dal freddo pungente.

Gigi era arrivato da poco in città, dove i suoi genitori si erano trasferiti per lavoro. Si recò alla Messa domenicale sfoggiando un caldo abito di lana pesante che sua madre gli aveva tagliato e cucito con grande cura e maestria. Era la prima volta che si recava nella chiesa del quartiere, ma non era un ragazzo timido, anzi era piuttosto sicuro di sé. Al termine della Messa, si avvicinò ad alcuni coetanei riuniti a chiacchierare nella piazzetta di fronte alla chiesa, presentandosi e chiedendo di poter entrare a far parte del gruppo, ma l'accoglienza non fu certo calorosa. La pronuncia piacentina di Gigi costituì subito un handicap, data la rivalità tra cremonesi e piacentini..
Gigi, per via che il trasferimento dei genitori era avvenuto ad anno scolastico

abbondantemente iniziato, studiava a casa. Avrebbe frequentato la scuola a partire dal settembre seguente, dopo aver superato l'esame come privatista. L'oratorio, però, aveva cominciato a frequentarlo subito per giocare e stare insieme ai ragazzi della sua età, ma anche qui, per via del forte accento piacentino, veniva schernito e messo da parte.

I genitori erano al corrente della situazione e ne soffrivano. Una domenica il padre lo portò, per farlo svagare un po', al mercatino che si svolgeva una volta al mese per le vie e nelle piazze centrali. Per Gigi fu una giornata entusiasmante. In ogni banco c'era qualcosa che lo attraeva, ma in particolare rimase colpito da quello delle sculture in legno dove un vecchio con la barba e i capelli bianchi gli sorrise:

- Dunque ti piacciono le mie creazioni? Ne vorresti una?-

Gigi, ottenuto il permesso dal padre, le esaminò ad una ad una con interesse. Alla fine ne scelse una a forma di Torrone. Il vecchio cominciò subito a spiegare che si trattava dell'omaggio al dolce simbolo della città, ma che era un pezzo unico, finito non si sa come fra le altre opere. Non aveva prezzo, però, per non deludere il giovane acquirente, doveva essere un regalo.

Il padre ovviamente non era d'accordo e insistette perché Gigi scegliesse qualcosa d'altro, ma il vecchio lo convinse a permettere che il ragazzo lo tenesse, in cambio di un' offerta per aiutare i poveri di Cremona.

Così Gigi soddisfatto si portò a casa quella magnifica scultura e la mise subito sulla sua scrivania. Il giorno dopo, terminati i compiti, si recò in oratorio, ma subito si accorse che anche la bambina per la quale aveva un debole, che nei giorni precedenti aveva scambiato qualche parola con lui, lo evitava. Con le lacrime agli occhi tornò a casa e raccontò la situazione alla madre, la quale gli consigliò di non darsi subito per vinto, ma di cercare un metodo diverso di approccio.

-Sei un ragazzino sveglio e intelligente, non ci metterai molto a trovarlo-gli disse sorridendo.

Rincuorato dalle parole della mamma, il giorno dopo Gigi si presentò all'oratorio con uno

spirito costruttivo. Portò un regalo alla ragazzina (un ritratto su cui aveva lavorato per ore e che lei mostrò ridendo alle amiche prima di strapparlo) e tentò di interessare i compagni parlando di molti argomenti che andavano dalla letteratura alla scienza, ma come unico risultato ottenne una caterva di insulti, il più gentile dei quali era "secchione inutile".
Gigi tornò a casa, ma questa volta non si confidò con la mamma . Si chiuse in camera, prese carta e penna e scrisse:

Forse hanno ragione loro a non volermi come amico. Del resto non piaccio neppure a me stesso, mi sento veramente uno "sfigato". A che servono tutti i libri che ho letto, tutto il mio interesse per la scienza? . E' dura essere un adolescente con gli occhiali da primo della classe. Vorrei tanto sapere meno cose ed essere accolto nel gruppo.
Sono sopravvissuto alle prese in giro per il mio aspetto, per il mio look e persino per la mia provenienza (anche se non sono uno straniero, vengo solo da un'altra provincia). Sono sopravvissuto alle etichette, ai rifiuti. Ho

sperimentato il dolore della prima cotta non andata a buon fine, del sognare ad occhi aperti il primo bacio che la ragazza dei miei sogni non ha mai avuto intenzione di darmi.

Essere sensibile può essere una condanna, un peso, un marchio che mi porterò per il resto della vita. Cari genitori, questo dolore è un peso troppo grande da portare sulle spalle.

Vi ho voluto bene e so per certo che anche voi me ne volete, so che non capirete il mio gesto e che ne soffrirete molto, ma, credetemi, al momento per me è l'unica soluzione possibile.

Vi abbraccio

Gigi

Mise la lettera dentro una busta e l'appoggiò al Torrone di legno, poi aprì la finestra e si buttò giù.

La stanza di Gigi era al secondo piano, la caduta fu rovinosa. Il corpo del ragazzo pareva quello di un pupazzo disarticolato. La madre, al rumore, uscì in giardino, vide il figlio a terra e si mise a urlare strappandosi i capelli. Una vicina chiamò l'ambulanza che portò Gigi d'urgenza all'ospedale cittadino. Le sue condizioni parvero ai medici preoccupanti: una spalla e un braccio presentavano fratture multiple e scomposte, come pure entrambe le gambe. Fortunatamente non c'erano problemi alla colonna vertebrale, ma si doveva attendere per vedere se c'erano danni celebrali. I genitori di Gigi erano sconvolti, non capacitandosi dei motivi che avevano spinto il figlio a compiere un gesto così eclatante. Il padre, tornato a casa, scoprì la lettera che Gigi aveva lasciato appoggiata alla scultura, la lesse e la portò all'ospedale per farla leggere alla moglie. Lasciamoli, per ora, al loro dramma e concentriamoci su Nene.

Candida, al corrente di quanto era accaduto attraverso il portale spazio-tempo, si stava chiedendo stupita perché mai Nene non fosse intervenuto per impedire il gesto di Gigi. Si precipitò nella stanza del ragazzo dove capì subito che il Torrone sul comodino era solo una copia (ben riuscita) di Nene. Si mise subito, insieme a Carlo, alla ricerca della scultura autentica e le loro indagini li condussero a Venezia, dove il liutaio, con grande facilità si procurò il legno e le vernici necessarie al suo lavoro.

Dove eravamo si a Venezia,
Al mercato rionale Candida si è imbattuta in un mercante di nome Salvo . Egli tratta sculture in legno antico e nel suo banco c'erano oggetti di ogni tipo, Candida gli ha fatto un sacco di complimenti chiedendogli da dove arrivassero tutti questi oggetti che esponeva, lui orgoglioso gli rispose provengono da tutto il mondo mia cara, sarebbe interessata a qualcosa?
Si gli rispose la donna a quella scultura a forma di torrone e molto interessante mi parli un po' di lei, il mercante inizio una lunga descrizione, Candida sapeva che era Nene aveva sentito le sue vibrazioni, ma fingendo di non saperne niete gli chiese: " per caso sa l'anno di costruzione mi sembra molto vecchia?"Alla fine del 1500 circa, proviene da Cremona la

patria del torrone.Vede questa incisione a forma di pietra sul retro, non le pare fantastica e così realistica!?.

Candida alla vista di quel simbolo si bloccò come impietrita, esitò un attimo e chiese subito al mercante il dovuto per prendersi quella scultura.

Pagato il mercante candida portò Nene nel portale "spazio temporale"

Nella stanza della conoscenza fece un amara scoperta, la pietra viola della conoscenza era sparita Nene non era che un pupazzo inerme senza vita, senza anima.

Chi mi chiedo possa aver fatto questo disse ad alta voce candida, chi possiede così tanta magia!.

Candida si mise a percepire la magia residua di Nene, ma era troppo lieve e non le consentì di individuarlo.

Così si recò nella stanza del Maestro Moore chiedendogli se avesse finito il compito a lui assegnato, Carlo terminò i ciondoli erano meravagliosi, Candida li invio attraverso il portale al Maestro Nicolai, e disse a Moore di prepararsi perche' dovevano partire per un lungo viaggio.

Carlo senza aprir bocca ubbidì e seguì candida atraverso il portale.

Torniamo alla città di Venezia

Salvo il Mercante si diede molta dafare per piazzare gli oggetti antichi che aveva, ma nel frattempo fra le mani gli capitò un antico bastone con una meravigliosa pietra nera incastonata sulla punta.

Per Salvo fu un colpo di fortuna, la ottenne da un viandante per poche monete.

Salvo non sapeva che di li a poco quel bastone lo porterà alla morte.

L'indomani Salvo sparse la notizia per tutta Venezia e che molti suoi clienti sono interessati.Salvo pregusta già ottimi incassi e crede che con quell'unico pezzo possa renderlo talmente ricco da poter smettere l'attività e potersi ritirare in campagna.

Oh! Quanto sbaglia Salvo pian piano si sta avvicinado alla morte, ma non lo sa, e nessuno potrà impedirlo.

Salvo sorpreso dalle numerose richieste decise di mettere il bastone all'asta così da ricavarci il più possibile.

Cosi contattò tutti i suoi clienti comunicandogli la decisione fissando l'asta per il venerdì successivo così tutti i clienti avevano il tempo di raggiungere Venezia.

E venne il giorno Salvo si preparò dal mattino presto,solo il pregustare un così facile guadagno lo elettrizzava.

Alle 12 puntuale si presentò nel luogo stabilito col bastone, i clienti erano già arrivati tutti.

Salvo si mise al centro della sala e tolse il bastone dalla suo custodia, i presenti rimasero tutti stupiti, ed uno ad uno si avvicinarono per esaminarlo meglio.

Una persona però era rimasta in disparte in fondo alla sala, a stento si vedeva il viso visto com'era vistito, tutto di nero dalla testa ai piedi.

Salvo accortosi dell'individuo lo chiamò dicendogli: " EHI TU SE VUOI PUOI AVVICINARTI ED ESAMINARLO!!"

Non ce ne bisogno rispose lui conosco bene quell'oggetto e' il mio.
Tutti in sala rimasero a bocca aperta e infastiditi, come siamo ginti fin qua e l'oggetto che ci stai proponedo no ne neanche di tua proprietà? Inveirono subito contro Salvo.

Salvo si difese dicendo che: " quell'uomo sta mentendo" ho acquistato personalmete il bastone e qua ne ho le prove!"
Salvo tirò fuori l'atto di acquisto dal precedente proprietario i potenziali acquirenti così si calmarono, ma l'uomo in nero si arrabbiò e con un gesto repentino della mano polverizzo tutti i possibili acquirenti.
Salvo terrorizzato escalmò tu sei un mago, pratici la magia nera! No gli rispose peggio io sono l'ombra io sono le tenebre! E con un coltello mise fine alla vita di Salvo e si prese il Bastone.

Come finirà questa storia? Candida riuscirà a recuperare la Pietra Viola?
E Nene sarà salvato?

Se volete saperlo non perdetevi il terzo capitolo della saga di Antonio Moore, dove tutte queste domande troveranno una risposta.

Serena ...

Serena
oggi è un giorno triste
le parole soffocate dentro l'anima
non trovano la strada
per gridare al mondo
la tua sofferenza
a lungo hai subito in silenzio
ora ti sei arresa
troppo
pesa la vergogna
troppo
brucia l'umiliazione
hanno distrutto la tua innocenza con i like
nascondendosi dietro ignoti profili
e tu non vuoi più vivere
in un mondo
chiuso al tuo grido di dolore.
Serena
la parola è arma che ferisce
o carezza che allieta
è abisso di sconforto
o luce di speranza
usala per cambiare il tuo destino
racconta la tua storia
e saprai che non sei sola
si scioglierà il tuo grumo di tormento

dalle lacrime nascerà il sorriso
Serena
aprendo il tuo cuore alla vita.
amandoti per quella che sei
ritroverai le tue ali per volare.

**Si ringrazia
Francesco Luzzeri per l'idea del personaggio.
Un ringraziamento particolare all'Associazione
Antonio Moore
a cui vanno parte dei proventi di questo scritto.**

Copyright 2018 Anthony Valli

ISBN 978-0-244-36880-7

www.ingramcontent.com/pod-product-compliance
Lightning Source LLC
Chambersburg PA
CBHW061504170626
46811CB00004B/1606